고백

고백

김기준

실천문학사

제 1 부

제 2 부

제3부

제 4 부

제
1
부

부여행 1

부여로 가자고 했다

눈 내리는 백제의 아침까지

두 손 잡고 걸어서 가자고 했다

발목이 시려 갈 수 없는

빙하기 하늘 아래 땅이어도

꼭 함께 가자고 했다

백마강 홀로 노 젓던

사공의 슬픈 손놀림이야

겨울 중간쯤 멈춰 서면 그만,

봄빛 기다리는 그곳으로 가자고 했다

가다가 비라도 내리면

서두르지 말고

잠시 주막에 들러 쉬어 가자고 했다

이승과 저승을 넘나들어도

이루지 못할 사랑이라면

중천中天에 그리운 집 한 채를 짓자고 했다

차라리 그렇게 살자고 했다

부여행 2

우레 치며 달려보고 싶어라

꽁꽁 얼어붙은 겨울 한복판에서

햇살 흘러내리는 여름까지

소리치며 뛰어 보고 싶어라

들판의 바람 따라

산 수풀 사이를 헤매다 돌아오던

쓸쓸한 저녁 무렵

오랜 세월 기다리다 지쳐

스스로 강줄기를 타고 올라가

백제 여인을 만나거든

다시는 혼자서 오지 마라

밤하늘 소 떼를 몰고 오던

목동의 슬픈 피리 소리에 맞춰

옷감 짜던 직녀의 손가락 사이로

강물이 불어나도

다시는 그곳에서 울지마라

부여행 3

어김없이 강가로 나가
바다로 떠난 백제 여인을 기다렸습니다
여우비처럼 나타난
당신의 무지개 속으로 달려가
일곱 빛깔 꽃길을 만들어
도화지에 옮겨 놓고요
훗날 내 키가 점점 작아져
치매를 앓는 늙은 꽃 한 송이를 만나면
향기마저 없어진 꽃이라 해도
곁에 있어 행복할 거라 했습니다
목련꽃 피면 돌아올 거라고
산 벚꽃 지고 밤꽃 냄새 가득한 봄이면
바람으로 상처를 치유할 거라고
그렇게 강가로 나가 믿고 있었습니다

부여행 4

가을에 여행 한 번 갈 수 있으면 좋겠네
붉게 물든 백마강에서 백제 여인을 만나
쓸쓸하지 않도록 술 한 잔 따르고
시를 적어 보여 주려고 하네
봄부터 여름까지 제 몸을 썻느라
바위틈에 숨어 지낸 고란초
가을에 반짝반짝 빛나는 영혼이 되었네
첫사랑 신라의 사내는
해 질 무렵이면 강가로 나와
둥근 홀씨주머니를 붙인 잎사귀로
수줍게 사랑을 고백했던 그녀를 몰랐네
오랜 세월이 흐르고
나는 가을에 부여로 가려 하네
눈물 흘리던 백제 여인을
달빛이 들 때까지 기다려 보려 하네
늙은 소나무 몇 그루가 서 있는
그곳에서 뜨겁게 안아 상처를 녹이고
도깨비처럼 무슨 소원이든 들어주는
그런 여행 한 번 할 수 있으면 좋겠네

부여행 5

석양이 물든 옛길을
조금만 더 걸어가면 그대를 만날 수 있을까
아기별꽃 듬성듬성 피어나면
돌아올 거라고
날이 밝는 동안 떠나지 못해
아직 슬픈 안개로 남아 있거든
새벽 그리움 속으로 노를 저어
꼭 다시 돌아올 거라고
봉숭아꽃 물든 슬픈 사연일랑
희미한 옛사랑처럼 남겨 두고
낮은 풀들이 흔들리는 들판에 홀로 들면
그리운 목소리 다시 들을 수 있을까
기다리다 지친 부여의 그루터기에 앉아
오래전 향기 주워 담으면
서러운 우리나라 눈물 그칠까
차라리 그렇게 잊힐 수 있을까

부여행 6

그대가 쓸쓸하지 않으면 좋겠어
부소산 낙화암 고란사 백마강 나뭇잎 하나
슬픈 영혼들 차례로 감싸 안은 뒤
마지막 남은 그대 얼굴까지 붉게 물들이고
서쪽 하늘 아래로 내려앉던 태양을
더는 그리워하지 않으면 좋겠어
그 저녁 강변에 혼자 있더라도
옛사랑 때문에 눈물 흘리지 않으면 좋겠어
대나무 숲 사이를 걸어간 연인들이
꽃으로 피어났다는 소문이 들리더라도
그 사랑을, 그 꽃을 탐내지 않으면 좋겠어
밤새 멀어진 새벽 별을 따라나서거나
물결에 출렁이는 나룻배처럼
혼자서 흔들리지 않으면 좋겠어
그믐밤 호롱불을 밝혀 두고 정인을 기다리는
멸국滅國의 여인아
그대가 더는 슬프지 않으면 좋겠어

나는 정말 그랬으면 좋겠어

부여행 7

나 그대와 살고 싶네
부소산 솔숲에 다소곳이 앉아
가을 햇볕 빗어 내리는
백제 여인과
먼 훗날 강가에 꽃으로 피어
서로를 보듬으며 살고 싶네
이름 없는 꽃이면 흔하지 않고
낮은 곳이면 흔들림 없어 좋겠지
손가락에 얹혀줄 달빛 하나
산 넘어 데리고 오느라
이제 도착한 나는
밤새 젖은 그리움 내려놓고
그대와 하룻밤 잠들어 보고 싶네
가을 단풍잎으로 집 한 채 짓고
둘이서 동무하며 살고 싶네

부여행 8

나는 언제쯤 나의 별에 갈 수 있을까
그 별에서 바라보면, 지구의 나는
오후의 햇볕에 몸을 말리고 있거나
돋보기에 의지해 늙은 삶을 꿰매던
바느질을 잠시 멈추고
훗날 내가 살 그 별을 바라보고 있을 거야
때때로 나의 별에선
지구별을 떠난 쓸쓸한 영혼들을 만나
그럭저럭 살았던 이야기를 나누겠지
그러면 아마 첩첩이 쌓였던 그리움
흐르고 흘러 돌아가지 못하는 강물의 아픔
그런 모습들이 생각날 거야
눈 내리는 날 그대 대문 앞에서
내 평생 오직 하나였다고
아직도 나는 그러하다고 눈물짓던
그 사람 떠오를 거야
늦은 봄이 돼서야 곱게 피어난 접시꽃 사랑도
담장 넘어 살포시 보일 거야
아마 그럴 거야

부여행 9

　얇은 돌멩이 위로 흐르는 여울처럼 잔잔함이 아름다운 금강에서 산국화 닮은 별을 세던, 산국화 닮은 백제 여인을 만났습니다 서로 몸을 잇대어 바람을 견뎌 내는 풀처럼, 덤불 속 둥지로 돌아가는 휘파람새 날갯짓처럼 흔들리며 이겨내는 신라의 사내를 보았습니다 그날 밤 금반지 두 돈을 녹여 만든 보름달은 굳은 맹세의 선물, 달이 뜨면 어김없이 그 강가엔 노란 산국화 피어났습니다

부여행 10

어머니

손이 시린 이 새벽

고향엘 가고 싶습니다

발목까지 차오르던

눈발의 아픔을 뒤로한 채

어머니 가슴 안겨

겨울을 나던 풋풋한 모습

조청을 고아 주시던

그해 유년의 기억들이

고향의 들판 가득 내리겠지요

어머니

혹시라도 알 수 있을까요

마른 나뭇가지들이 흔들리면

산모퉁이 돌아오는 바람에

당신의 안부를 묻지만

여전히 대답 없는 밤

날이 새도록 편지를 쓰는 저는

구드래 망부석이 돼 있을

어머니 땅으로

이 전쟁을 끝내고

그만 돌아가고 싶습니다

삼년산성 1

초당에 하룻밤 풋사랑을

묻고 돌아오던 그날 밤

밤 개울에서 고무실로 넘어가는 등성마다

검붉은 싸락눈이 걸리고

양서亮叙 장군의 오른손에는

적장의 수급 대신

군졸들의 비명만 묻어나고 있었다

노고성과 삼년산성을 사이에 두고

승부를 가리지 못한 이 전쟁

중동들 풍취들에 매복 중인

병사들의 겨울은

보청천 얼음장 위로 흐르는 달빛 따라

한걸음 빠르게 올라오고 있다

벌써 수년째

이곳에 와 있는 동안

변방의 늙은이처럼 사랑을 잃은

초동 병사, 오늘은 점점 멀어지고 있는

그대에게 편지를 쓴다

삼년산성 2

병술년 달빛 고운 밤
적진으로부터 날아온 새벽바람이
강줄기 부들마다 매달려 있던
우리들의 영혼을 흔들어 깨웁니다
저는 아직 전쟁에 익숙지 못하지만
고향에 두고 온 동생 한이와 별이의 숨소리가
산 수풀 사이로 피어오를 때마다
구절초 같은 목숨
이 전쟁이 끝나면 돌아갈 수 있다고
굳게 믿고 있습니다
동트는 시각이 조금만 늦어지길 바라지만
아침은 늘 어김없이 찾아왔습니다
그리하여 어쩌면 마지막일지 모르는
이 편지가 피반령 중턱을 넘어갈 때쯤
우리는 역사에도 남지 못할 이 전쟁을 위해
도살장에 끌려가는 짐승들의 눈빛처럼
겁먹은 얼굴이지만, 다시
중동들과 풍취들을 달리고 있을 것입니다

누구를 위한 싸움인지 모른 채

몹시 흔들리고 있는 갈대의 슬픔이

유년의 끝자락에서부터 피어오릅니다

그대에게 머물러 있던 나의 사랑도

겨울 깊숙이 날리고 있는 눈발처럼

이제, 떠나가야 합니다

다시 돌아갈 수 없을 고향이지만

한 오천 년 흐르고 흘러

나는 또 다른 모습으로

그대에게 돌아갈 것입니다

그때 다시 만나거든

별이 되어 기다리고 있었다고

말해 주십시오

삼년산성 3

싸움은 그렇게 시작되고
진달래꽃 아까시나무 꽃망울 널브러진 봄부터
고이 간직해 온 우리의 사랑도
피비린내 나는
이 겨울 함성을 따라 승천 중이다

우리는 한 번도 적들을 이겨보지 못했다
그리하여 이번 전쟁은
나비를 사냥하는 사마귀처럼
단숨에 심장을 도려내야 한다

노고 성문을 나서는
병사들의 발걸음이 햇빛만큼 빠르게
삼년산성에 도착할 때만 해도
만삭의 보름달이 넘어가는
고향에 돌아가리라, 믿고 있었다

그러나

배신의 슬픔이 묻어 있는 골짝에

매복 중인 바람과

적들의 예기치 못한 역습이 시작되면서

노랗게 신열하며 떨어지는 은행잎처럼

별이 되는 사람들

아, 겨울 산

살아남은 목숨이

짐승들의 발자국을 따라 쫓기고 있는 동안

노고성을 점령한 신라군들은

오후의 햇살 속으로

신명 나는 목소리를 날리고 있었다

삼년산성 4

하늘이시여

평지말 남쪽 작은 땅에

부끄러움 없이 살아온 백성들이

역사에 기록되지 못할

늙은 장수를 만나

풀꽃같이 행복했습니다

욕심 없는 백성들이라

무지개 언덕 넘어 따라오던

초동의 풀피리 소리에

해지는 줄 모르고

하얗게 서로를 보듬어 살아왔습니다

하늘이시여

정월 대보름 누님의 담장을 넘어

도둑질하던 이 순백의 기억들이

오늘, 우담바라를 피우는 심정으로

적진 깊숙이 들어갔으나

다시 돌아오지 못할 신세가 됐으니

하늘이시여

패장은 삼년산성 기린초 앞에

망부석으로 홀로 남아야 합니다

삼년산성 5

쓰러진 갈대가 일어서고
달이 황도黃道를 지나기 전
옷을 벗었던 여인들이
때마침 나타난 달빛에
안개로 황급히 몸을 감추던 밤
잠자던 병사들은
신기한 북소리에 중독된 상태다
어느새 대오를 갖추고
그믐 속 중동들을 달리고 있는
병사들의 사랑은 흔들림이 없고
밤새 휘날리던 깃발을 따라
새벽까지 내리던 싸락눈이
등줄기에 축축하게 묻어날 때쯤
빼앗긴 노고 성문도 다시 열리고 있었다

제
2
부

안녕, 당신

잠 속 깊이 내리는 빗방울이 미끄러워 더는 일어설 수가 없어요 흔들려요 잎을 잃은 가지 아래서 혹은, 젖은 돌멩이 밑에서 축축하게 살고 있지만 가끔 그대에게 안부를 묻고 싶을 때도 있었어요 그뿐인가요 떡갈나무 그늘에 감추어 두었던 이슬 같은 사랑 하나, 무화과 따는 섬 총각의 맑은 영혼 한 개 담아 보내고요 나를 흔들어 뉘던 그 바람으로부터 일어서고 싶었어요 비가 내려요 그래요 비 오는 날 뜨는 달빛은 얼마나 아름다울까요 또 가을비에 젖어 내리는 그대 뒷모습은 얼마나 따뜻할까요

청개굴 씨

이상하지 청개굴 씨를 만나고 돌아오는 날은 쇠창살 같은 장대비가 내렸고, 그곳에 갇혀 탈출하기가 쉽지 않았어 이 상하지 청개굴 씨 동네 단풍잎은 떨어질 때 사랑한다고 소리를 내 그러면 너울너울 움직이던 갈대밭 너머로 별이 뜨는 거야 이상하지

그래 나도 이상해 청개굴 씨가 집을 비운 저녁, 별이 뜰 때마다 갈비뼈 안에 갇혀 단풍 드는 심장이 이상해 개굴개굴 오늘은 참말로 슬퍼서 우는 거야 그러니까 이상해 내 몸에서도 푸른빛이 나오고 있거든

사뭇 별

버드나무 밤하늘에 별이 뜨던 유년기였을 거예요 나뭇잎마다 이 별에서 이별할 때 흘렸던 이슬이 맺혀 있었지요 이슬 속 소녀는 새벽까지 투명한 유리창 밖으로 뜨는 별의 이름을 외고 숫자를 세다가 잠들었나 봐요 어쩌면 그녀가 사랑하는 슈만의 노래를 들으며 잠들었을지도 몰라요 그 모습 하도 예뻐 이슬 떨어진 자리엔 구절초 한 송이 피어났고요 혼자는 외로울까 봐 해마다 가족별이 찾아와 반짝반짝 서로를 밝혀 아름다운 꽃밭을 만들어 주었지요 하지만 계절이 피고 지는 동안 꽃들이 시들어 상처 난 영혼에서 향을 맡을 수 없을 때의 슬픔은 어찌할까요 기억해요 애초부터 우주 끝자락에서 오느라 지구의 가을 중간쯤 도착한 행성 하나 그 이름 사뭇 별, 당신은 밤마다 푸른빛을 보내 이 방을 사뭇 사뭇 밝히던 사뭇 별이에요

고백

너와 나 이제 달의 호수로 가자

아무도 찾아올 수 없는 그곳에 도착하면 네 귓불을 타고
흐르는 뜨거운 땀 닦아 줄게

미처 가져가지 못한, 지구별에 두고 온 영혼은 은하수처
럼 흐르고 흘러 다음 생에 무지개 타고 올 거야

그사이 어쩌면 달에도 눈이 내릴지 몰라

그때 두 손 꼭 잡고 달리던 달의 들판에 깃발을 세우고 말
할게 함께 와 줘서 고마워 사랑해

함박눈 연가

함박눈은 늘 싸락눈보다 내리는 속도가 더뎠다

싸륵싸륵 좁쌀처럼 떨어지는 싸락눈이 함박눈으로, 함박
눈에서 다시 싸락눈으로 변했던 겨울이 지나간 그해 봄에도
내 사랑은 찾아오지 않았다

그리움은 아직 허공에 떠 있는 함박눈이었나 보다

어쩌면 내 사랑은 마지막 함박눈이어서 더 느리게 지상에
도착하거나 뜨거워 이미 빗물로 녹아 내렸는지도 모른다

나는 올해 봄에도 함박눈을 마주하지 못했다 혼자 저문
골목을 천천히 걸어가는 중년의 모습만 보였다

나비

봄날에 홑겹으로도 충분히 바람을 만드는 너의 날개가 꽃술 위에서 나풀거리기 시작했지

노란색 영혼이 꽃술에 이는 바람보다 가벼워 몸 안으로 들지 못해 이리저리 흩날리는 동안 달콤한 꿀로 배를 채우며 여전히 날개를 흔들던 너는 사뿐히 어깨에 내려앉던 홑겹의 그리움마저 날려버렸지

나는 여전히 너무 무거워 마지막 남은 낙하산 장비를 풀었어 날개나 낙하산이나 허공을 무대로 날아다니는 건 마찬가지지만, 이 무게로 너에게 다가갈 수 없으므로 젖은 몸까지 말린 뒤에야 하강을 시작한 거지

그리고 보았어 내가 착륙하는 동안 지상에서 하늘로 솟아오르는 물방울 풍선들을, 그 속에 든 영혼들은 은하수로 제 몸을 씻어 내며 밤새 흐르고 흘러 공중에 마을을 만들었지

그들도 지금쯤은 무리를 이탈해 떨어지는 새벽 별의 모습

을 바라보는 내 눈을 보았을 거야

　그날 밤 지구는 끊임없이 그 별에 빛을 보내 사랑을 고백
했고, 밤마다 영혼을 매달아 돌아다니는 반딧불이의 꽁지는
다음 생에 내가 여행할 그 별, 어둠 속에서 빛을 보는 일은
황홀한 일이지만 여전히 공중 부양을 하는 나는 얼마나 더
가벼워져야 할까

　아직도 너는 날갯짓으로 바람을 만들어 수화를 하는 거
지?

　그래 나도 선녀의 옷으로 갈아입고 팔랑거리며 신호를 보
내고 있어 그러니 네게 다가가는 그 바람 소리 들리면 꽃잎
으로 꼭꼭 잠가뒀던 빗장을 풀고 먼 길 돌아오는 나를 반겨
주려무나 나비야

기억, 혹은 생각

　머릿속에 묶어 두었던 슬픔을 정렬하는 동안 내 사랑은 그믐밤 잠깐 다녀간 별처럼 흐릿해졌다 기억하는 슬픔과 생각하는 정렬이 부딪혀 별똥별로 떨어지던 자작나무 숲, 그곳에 걸려 있는 연처럼 너는 힘겹게 나풀거렸다

　흔들리는 건 너뿐만이 아니었다

이사

아침 안개의 무게를 견디지 못하고 떨어지는 나뭇잎처럼
한 줌 바람에 기대있던 영혼이 팔랑입니다

흔들리는 가을 불빛 따라 흘러드는 풀벌레 울음 한 그루
사철나무 아래 그늘에서 잠시 멈춰있던 시간도 먼지로 변해
날아가는 것, 오랜 날 지나서야 알았습니다

치렁하게 늘어진 숨소리를 떼어 어디론가 가고 있습니다

오로라

북극의 원주민들은 밤마다 휘파람을 불었지 아기 예수를 포대에 감싸 안고 걸어가던 새벽이 돼서야 형체를 드러냈어 무장을 한 것도 아닌데, 그의 몸에서는 전투를 끝낸 소년 병사의 칼날을 타고 날아오는 빛이 보였어

그 빛은 아마 노란색이거나 붉은색이었을 거야 어두울수록 환하게, 또렷하게 점점 내게로 다가오는 너의 모습이랑 닮았다고 할게

나도 휘파람을 불었지 등 뒤로 따라오던 발자국을 휘파람으로 은폐하려는 건 아니었지만, 어느새 지워지고 있었어 사랑도 이와 같아 덮을 때면 휘파람 소리를 내지 그때 형체도 없이 몸에서 우수수 빠져나가는 기억을 어찌할까

미약한 바람마저 불지 않았는데도 너는 흔들리며 다가왔고, 그 흔들림에 상처를 묶어두고 돌아갔지 그가 지상에 모습을 드러낼 때도 그렇게 흔들렸어

밤사이 그 모습을 지켜보던 태양은 아침에 지구로 찾아와 상륙작전을 펼쳤어 북극의 원주민들은 더는 지상에서 휘파람을 불지 않았지 별의 뒤편으로 달아난 내 사랑처럼 말이야

아침에 눈을 뜬 달팽이

아침에 눈을 뜬 달팽이는 촉수를 내밀어 네 몸부터 더듬거리기 시작하지 미끈한 물풀에 가벼운 영혼 하나 얹고 시작한 불안한 동거가 밤새 흔들렸잖아 그러니까 바람이 몹시 불었던 어젯밤 내 사랑을 확인해 보는 거야

먹이를 물어 나르던 물새들 사랑 한 점 떨어뜨렸지만, 그 밤을 원망하지 않았어 아무것도 볼 수 없던 암흑세계를 들락거리며 자유로운 연애를 했지 어쩌면 뜻하지 않은 임신이 되었는지도 몰라 그들의 사랑은 여전히 불안해

달팽이가 기어오른 지상에서는 천장만 바라보며 동공을 굴리는 사람들이 보였어 물새와는 사뭇 다른 그런 사랑 말이야 늦은 오후의 햇살을 잉태한 그녀의 방에서 나오는 웃음소리 이런 사랑도 불안하기는 마찬가지지

절벽 아래까지 날아간 꽃씨는 나와 새, 그녀 가운데 누구를 더 그리워하며 장미를 피웠을까

달팽이는 더 깊게 물든 가을에 색깔을 바꾸고 싶어 스멀스
멀 줄기를 타고 올라가 붉은색 꽃잎에 입술을 대고 싶어 때때
로 아침에 눈을 뜨면 그 옆에 놓여 있는 나를 보고 싶거든

외출

    안개 자욱한 강가에서 찾을 수 없었던 사랑을 어쩌면 이곳에서 찾을 수 있을지도 몰라 그동안 누가 이곳에 다녀갔을까 내게서 떠나버린 나는 이곳을 두고 또 어디를 다녀온 걸까 향기롭던 풀꽃도 기다림에 지쳤을지 몰라 유리병 속에서 아주 낮은 목소리로 그대에게 띄우는 안부, 아직도 그리워하는가

빗방울 정원

양철지붕 아래 쪼그려 앉으면 톡톡 튀어 오르는 빗방울이 보였다 아득한 곳에서 여기까지 오는 동안 내 사랑은 흔들려 아름다웠고, 기다림은 빗방울을 만들었다 어느 날 눈처럼 천천히 내려와 지상을 덮으리란 사랑 예보는 빗나갔다 그것은 좀 더 빠르게 착륙했다 한차례 몸을 꺾어 튕겨 나간 자리에 빗방울만 한 씨앗이 자랐다 이제 처마 밑에는 꽃이 피리라 지상에 내려와 수줍게 꽃을 피울 빗방울 정원 너도 보고 있느냐

화분

　작고 예쁜 화분 속에서 삽니다 투명한 그리움 이슬 젖어
내리는 상처받은 영혼 모두 잘 길든 생활입니다 비 맞지 않
는 땅이어도 목마르지 않습니다 주인 아가씨가 뿌려준 물방
울이 아직 목젖까지 남아 있어 그러합니다 누군가 푸른 잎
사귀 아래 앉아 있습니다 사람입니다 어디서 왔다 어디로
가는지 알 수 없습니다 햇볕은 그들의 얼굴을 스쳐 가지만
알지 못합니다

꽃도 흔들리면

꽃도 흔들리면 화가 난 거다 자꾸 흔들려 화가 나도 바람처럼 움직이지 못해 제자리서 제 몸을 비틀기만 한다 박제로 보관하던 기억은 스스로 떨어질 때까지 흔들리는 꽃잎이었고, 늙은 승려가 일어난 자리엔 새순이 돋았다 오후의 목탁 소리에 놀라 저리 흔들리며 떨어지는 꽃잎의 의미를 너는 알 수 있을까 그래, 늦은 저녁까지 흔들리면 꽃도 화가 난 거다 그리움도 길어지면 꽃과 같다

대사를 외워 봐

쉿! 조용히 해봐 20년 전 나는 아무 말도 할 수 없는 이 무대의 광대였어 관람석에 앉아 공연을 보던 눈먼 애인은 언제 말의 향기가 튀어나올지 몰라 동공을 굴리며 기다렸지 하지만 호야 불에 보이지 않는 대사처럼 내 사랑은 슬픈 마임이야 눈물일랑 먼 훗날 가을빛에 말려 버릴게 이승에서 다 말리지 못해 남은 눈물 있거든 서러워 말고 저승으로 가져갈게 그곳에서 상처 난 네 얼굴 닦아 줄 사람 있거든 그때 못다 한 대사도 외워볼게 조용히 눈을 감아 봐 쉿! 아마 무대에 남아 있는 사랑이 보일 거야

제
3
부

제사

  쉬엄쉬엄 걸어 걸어서 꽃다지 옆으로 갔네 그곳에서 냉이 캐러 온 아버질 만났네 나는 살아 있어서 그 꽃을 모르고, 아버진 이승을 떠나서야 냉잇국을 기억했네 우린 데칼코마니 속 강을 건너 그렇게 들판에서 서로 만났네 그때 아버진 꽃다지를 들고 서 계셨고, 나는 냉이밭을 가리켰네 안개에 젖은 물새 알 하나가 따뜻해 보였네

  붉게 물든 노을 속으로 한 여자가 들어갔네 쉬엄쉬엄 걸어가다 살짝 드러낸 버선발이 꼭 어머닐 닮았네 먼 길 가려면 발이 따스해야 한다며 이불 밑에 양말을 데워주시던 어머니 아직도 수줍어 아무 말 못 하고 빙그레 웃고만 계시네 담장 밑엔 어머닐 닮은 봉숭아꽃 몇 개 심어 놓았네

  주름진 바람에 흔들리는 촛대 위의 불빛, 늘 잠시만 머물다가는 그리움이었네

감꽃 편지

그 시절 나는

감꽃이 피기를 애타게 기다렸다

학교에서 돌아올 적마다

무명 줄에 감꽃을 꿰어 주고

들판에 널브러진 토끼풀을 잘라

꽃시계를 만들어주고 싶었다

선생님이 되고 나서

늦은 봄밤 교정에서 편지를 쓴다

새벽이슬 젖어 내리던 부들처럼

밤새 이리저리 흔들렸던 영혼

숨소리 바람 소리 모두 떠난 골목에서

나지막이 불러 볼 그대 이름

감꽃 봉투 속에 차곡차곡 넣어 두고

세월이 다 흐르고 나면

혼자서 읽어볼 편지를 또 쓴다

안개 방죽

방죽에 오면 사람들은

의자처럼 굳어지거나

꽃잎에 단단한 언약을 새겨 넣는다

이 방죽의 세계엔

아직 걷히지 않은 안개 자욱해

희미한 사랑의 촉감만 내려앉는다

멀리서 몇 마리의 물고기가

햇살을 이고 물살을 가를 때

서서히 옷을 벗고 다가와

동공 속으로 스며드는

이른 아침 풍경

나는 그곳에 숨어 있다

풀 1
–어머니께

어머니
아무도 잠들지 못하는 밤
저를 흔들어 주세요

은사시나무 잎
반짝이는 한쪽 바람으로
빗줄기에 갇힌
새벽 그리움을 흔들어 주세요

꿈결에 보이던 모래바람처럼
세월의 아픈 흔적, 당신의
마른 눈썹 위에 쌓일 적마다
흐트러진 머리카락을 주워 담으며

밤마다 홀로 젖는 법
빈 잔 속에서 견디는 법
온종일 가슴 더듬어
하루를 견디었습니다

젖은 씨앗들
어둔 땅속에서 세상 밖으로 나와
당신 향해 머릴 뉘고
길가에 줄지어 늘어선 애기똥풀도
바람 불어야 흔들리잖아요

어머니
고즈넉한 그리움조차
잠들지 못하는 밤
바람으로 잎새 만들어
저의 온몸을 흔들어 주세요

풀 2
-아버지께

부끄럽지 않게 살아온 날들 푸른 몸 씻어 반짝이고 있습니다 단정한 걸음으로 떠나는 당신 발자국마다 슬픈 유년한 점씩 찍어 놓고, 잊히지 않는 기억 속으로 세월의 잎사귀돋아나고 있습니다 마른 들판에 누워 아기별 어미별 찾아키우던 그 자리, 눈물 한 방울 떨어져 애달픈 구절초 한 송이 피어났습니다 남루한 몸을 지탱하며 풀과 풀이 어우러져사는 그곳으로 맑은 영혼이 별빛을 따라 내려오고 있습니다

숲

숲이 숲인 것은
바람을 만들어 먼지를 걸러내서다

잔털 같은 나뭇잎 하나로 묻어 둔 그리움
거미줄에 걸린 아픔까지 지우는 숲

숲과 같은 혈관을 타고 흘러와
허파까지 이끼로 물들여 놓는 푸른 영혼

유년의 집으로 돌아오면
책갈피에서 새어 나오는 솔잎 냄새 한 궤짝

그대 입술에도 솔나무 향기가 피어오르고
나는 송충이가 되어 젖은 가슴을 기어오르고 싶다

반달

낮엔 부끄러워·
세상 밖으로 나오질 못하고
달맞이꽃 만나러
잠시 밤 구름 사이를 떠돌다
혼자 집으로 돌아가는구나
반쪽 얼굴이 싫어
쳐다보는 사람도 없이

달

달은 구름을 움직여 지도를 만들고
스스로 몸을 녹이기도 한다
소리 내지 않고
손금처럼 뻗은 강물을 따라
길흉화복을 점치며 흐르기만 한다
물에 길을 묻지 않는 달
나는 얼마나 더 흘러야
네게 다다를 수 있을까

패랭이꽃

저물 무렵

여우별처럼 나타나는 당신을 따라서

흔들리는 길을 걷습니다

걷다 보면

품속에 들어 떨고 있는 패랭이꽃

꽃씨 한 알 떨어진 자리엔

세월에 인종忍從하며 자란

당신 모습보다 더 큰

꽃씨 하나 남았습니다

연인

나무 그늘에서 잠시 머물다 갈 때까지
서로를 보듬어 안았네
오래 기다리게 하지 않을 테니
먼저 가거든 그곳에서
자리 잡고 기다려 달라고 했네
훗날 다시 나무 그늘에서 만나도
오직 당신뿐일 거라며
붉은 노을에 수줍은 얼굴을 감췄네
거친 손 감싸주고
함께 눈물 흘리며 바라보았네
그리운 목소리 단풍나무 숲을 떠나
바람으로 돌아올까
대문을 열어 두고 기다렸네

비 오는 날

비를 맞으며
걸어본 사람들은
시인입니다

날마다
가슴 속으로 내려지는
비를 맞으며
속 젖까지 젖는 사람들

수풀 속에서 흔들리다가
혼자서 산모퉁이를 돌아오는
저물녘의 기다림이었거나

혹은, 젖은 안개로 남아
온통 나뭇잎을 적시는
넉넉한 그리움

언덕배기 풀꽃으로 반지를 만들던

옛사랑 그날처럼

비를 맞으며

걸어본 사람들은

시인입니다

하얀거

낮은 산들이 아름다운

산중 대문을 들어서는 누이야

내 키만 한 돌탑 위로 쌓이던 달빛

천장 귀틀의 천년 그림자로 남겨놓은 채

아주 낮게 혼자서 가는 누이야

먼 길 따라온 짐승들의 외로운 눈빛

흰 머리카락 하나

모두 버리고 대문을 드는 누이야

꽃이 피면 돌아올까

맑게 갠 하늘 속으로

나를 보내는 비구니 누이야

가을

먼 산을 불러 내

혼자 말을 섞는 오후의 바람은

쓸쓸함을 치유하는 통증 의학

너를 읽는 몇 권의 책에서

삭는 냄새가 난다

삭이고 또 삭이다가 스스로 분열하는

바람, 내 몸과 같은

엄마

아부지는 거기서 새로 장가갔는가벼
살면서 똑같은 꿈을 꿔본 적이 없는데
요즘은 사흘 내내 나타나서 활짝 웃으시더라

죽고 나서 30년 동안 꿈에도 안 보여
날 잊었나, 한 번은 보고 싶었는데
어쩐 일로 자꾸 나와서 춤을 추신다냐

일찍 가서 자리 잡는 동안
외로웠을 테니까, 그곳에서라도 좋은 사람 만나
행복하면 다행이지

꿈 이야기를 들려주고 일어난 자리엔
눈물 같은 이슬 한 방울 떨어져
할미꽃 한 송이 피어났다

불청객

너는 늘 초저녁에 찾아왔다
가시나무 숲을 지나왔는지
찢어진 옷 속으로 상처가 보였고
헝클어진 머리카락을 흔들어
부서진 낙엽들을 자꾸 털어 냈다

아주 가끔
찾아오지 않는 날도 있었다

난 매일 찾아오던 너에게
어느새 익숙해진 사실을 그때 알았다
석양을 품고 드러누운 냇가에서
혼자서 만날 땐
돌을 던져 쫓아내곤 했다

때때로 쓸쓸함도 그렇게 찾아왔다

토요일이거나 일요일 초저녁

너는 더 아프다고 했다

보듬어 달라는 말은 하지 않았다

제
4
부

조선에서 온 편지

조선에서 불어온 겨울바람에 편지 한 장이 날아왔지

봄이 다 돼서야 도착한 봉투 속에는 쓰개치마를 걸친 옛 애인과 한때 사랑했던 그녀를 기다리는 조선 사내의 모습이 들어 있었어

얼마나 오랜 시간을 날아왔기에 이토록 빛이 바랬을까

이승과 저승을 들락거리며 영혼을 배달하던 집배원은 지워진 주소를 찾지 못해 한 번도 초인종을 누르지 않았고, 은행잎처럼 노랗게 신열을 앓고 있는 사람이 누군지도 몰랐지

주소를 아는 건 오로지 바람뿐이었어

저고리와 치마 사이로 가슴을 드러낸 여인들의 멀쩡한 웃음과 지게를 지고 귀가하는 짚신 장수의 마른 얼굴에서 봉숭아꽃이 피고 지는 동안 사내는 바람이 와 닿기를 기다리고 있었던 게야

댕기 머리 소년은 어쩌면 꼬일지도 모르는 인생을 미리
알고 있었는지도 몰라

바람에 먼저 실려 온 건 폐부를 자극하는 분 냄새였어 처
음 느끼는 여인의 촉감이 황홀하지 않았던 건 그가 기다리
는 오래전 분 냄새가 아니었기 때문이지 그러면서 점점 길
어진 댕기 머리처럼 정말로 꼬이기 시작한 거야

조선을 떠난 바람에 살짝 칼집을 내놨어 끊어진 사랑을
기다리는 동안 가끔 쉴 곳이 필요하니까 그렇게 바람은 바
람을 타고 이곳으로 날아온 거야

편지 봉투 속에는 아직도 그녀를 기다리는 조선 사내가
들어 있었던 거지

채플린의 편지를 기다리는 아버지

과일도 제 몸을 깎는 칼질에 아프다고 사각사각 소리를
낸다

내 머릿속에서 늘 들려오는 소리, 시계추처럼 밤마다 사
각사각 흔들린다

지팡이를 옆에 낀 채플린의 발동작은 얼마나 더 걸어 다
녀야 멈춰 설까

고양이의 애첩이었던 빈 접시에 다시 혀를 대고 핥기 시
작하는 늙은 신사의 가을 저녁,

열두 번의 괘종소리가 울릴 때까지 사각사각 과일을 깎으
며 벽에 걸린 시계추를 바라보는 아버지의 손놀림이 떨리기
시작한다

1977년 크리스마스, 런던에서 보낸 그의 편지는 관을 훔
치는 도적들의 모습으로 가득 찼다

여전히 돋보기안경을 걸친 채 사각사각 칼질하는 아버지
의 손 주름이 늘어나는 동안 고양이들은 대물림하며 애첩의
미끈한 피부를 핥고 있었다

채플린 선생!

당신의 편지가 도착하기 전 이미 도적들은 관을 놓고 모
두 도망가 버렸소 난 당신의 안부를 기다렸지만, 너무 늦었
어요 생포한 고양이들이 발정하는 동안 불안한 TV에서 런
던 시민의 신음이 들렸지만, 이 또한 지나가리라 대사를 외
우는 당신처럼 아무 일 없다는 듯 사각사각 웃옷을 벗는 여
인의 황홀한 가을을 바라보며 난 편지 따윈 잊어버리고 껍
질만 도려내고 있었던 거요

채플린이 숨을 거둘 때 아버지는 아이러니하게 미리 답장
을 썼다

그의 편지가 붉은 바다를 건너오기 전

낡은 인생을 말리던 햇빛에 물들어 날아가리란 사실을 알
고 있었던 것일까

우체국을 나오는 아버지의 발걸음도 시계추를 따라 옆으
로만 움직이고

가을 불빛 속으로 저문 잎이 떨어지고 있다

그리움이란 그런 거야 기다려도 오지 않는 편지를 뇌 신경
으로 읽는 거
마른 장작불에 타는 영혼을 보면 주인 몰래 스스로 사라지
는 고양이처럼
밤마다 긴 혀를 내밀어 상처를 치유하다 지쳐 고향으로 돌
아가는 거

채플린의 편지를 받아 보지 못한 아버지의 답장은 이제 같
은 내용의 반복이다
집배원을 기다리는 동안 늙은 손등의 주름을 따라 깊게 팬
강물도
닳고 닳아 각이 없어진 원형의 기억도 제자리로 돌아오는
늦은 저녁에 토해내고 마는 배설물이다

칼질에 익숙한,
과일들의 신음처럼 밤마다 들려오는 채플린의 발걸음 소리
아버지는 여전히 사각사각 과일을 깎으며 그의 편지를 기
다리고 있다

1980년 국어 선생님, 김목희

그해 봄이었지,
칠판에 분필을 긋는 그의 거친 손에서 비둘기들이 날아올
랐어

나랏말싸미 듕귁에 달아 문자와로 서르 사맛디 아니할세

벌레들이 파먹은 흰색 러닝셔츠를 입고
알 듯 모를 듯 조선의 글씨를 쓰는 1980년 국어 선생님,
김목희
처음 생리통을 앓는 여자처럼 이상한 경험을 한 걸까
수업을 마칠 때까지 그의 쓴웃음을 도무지 이해할 수 없
었어

끈 풀어진 운동화를 질질 끌며 회초리를 휘두르거나
후미진 복도 끝부터 저벅저벅 소리를 내며 다가오는 5교
시 수업
우린 이 시간만 되면 어느새 익숙하게 생리하듯
변소 뒤에서 담배를 피우다 말고 황급히 교실로 뛰었지

국어책 18쪽에 빨간색 별표를 그려놨어
훗날 재수하거나 입사 시험을 치를 때 기억해야 할지 모
르잖아

이런 전차로 어린 백성이 니르고져 훑베이셔도 말을 할 수
없었고
우린 여전히 숨겨진 정답을 보지 못했어

눈썹의 펜촉 흉터는 명문 대학을 나온 그의 졸업장이었지
졸음을 방지하기 위해 펜 쪽을 책상에 꽂아 두고 공부를
했다는군

마참네 제 뜨들 시러펴디 몯핧 노미하니아

그가 시골 고등학교 국어 선생이 된 건 이 때문이야
강제로 군대에 끌려가는 친구들을 바라보면서
아무 일 없다는 듯 자취방으로 돌아오는 착한 아들이었어

내 이랄 윙하야 어엿비너겨 새로 스물여듧짜랄 맹가노니

그래 차라리 조선의 글씨를 가르치며 살기로 한 거야
그러니 그의 눈빛을,
바람이 술술 빠져나가는 찢어진 러닝셔츠를 기억해야 해

대학생이 되고 난 이듬해도 봄은 똑같았고
선생님의 교실에서는 여전히 책 읽는 소리가 들려왔어

사람마다 해여 수비니겨 날로 쑤메 뻔안킈 하고져 할따라
미니라
사람마다 해여 수비니겨 날로 쑤메 뻔안킈 하고져 할따라
미니라

그의 거친 손에서는 그날도 비둘기가 날아오르고 있었어

안개, 가려진

　신경통을 앓는 자취방에서 편하게 살기 위해 연신 담배를 물었다 잠에 선 안개가 강을 따라 일어서고, 장판 속의 작은 물방울들은 천국의 유리병으로 들어가 곳곳에 안개 자욱하다 강에선 소문이 치맛자락을 오르락거렸고, 한때 사랑했던 그녀의 숨소리도 지금쯤 거칠게 밤을 적시고 있을 것이다 막다른 골목길에서 서서히 달아오르는 이 두려움 앞에 나는 아무것도 아니다 가려진 것보다 더 선명히 악마의 이를 드러내는 저 안개의 군단들 그 속의 방은 안개로, 물방울로 가득했다 토막 난 시체가 걸려 있던 오선지 위엔 이제 장마가 질지도 모른다 토요일 오후 미니시리즈를 보는 사소함과 혹은, 아무 일 없이 끝난 그 강가의 베드신과 흥건히 젖어 오던 밤의 거품 속으로 보이는 것은 곰팡내 나는 천정과 물방울뿐 나는 안개에 감사하다 들리지 않는 밀어와 그들을 감싸는 안개가 햇빛에 목숨을 잃는 순간까지

공중전화 1989

나의 사랑은
공중전화 상자 안에 들어 있었다
립스틱을 바른 여자는
비 오는 날 더 독하게 사랑을 이야기했고
저녁 거리의 취한 목소리도 들려왔다

골목길에서
이십 원짜리 사랑을 확인하지만
막차로 떠난 그는 전화를 받지 못했고
공중전화의 벨은 울리지 않았다

몇몇이 찾아와 주먹질해도
마르코스 사망 이야기만으로도 배부른
우리의 겨울은 이대로 좋은 걸까

전화국 사람들은 사랑을 수리하지 않았고
하루분 밀린 양심을 수거하기 위해
매일 찾아와 상자를 분해했다

나는 길섶에 바람 소리를 세워 두고

풍문처럼 떠돌던 그곳에 갇혀

너에게 돌아갈 수가 없었다

1990년 1월*

발목까지 차올랐던 눈은
기습적으로 폭설 주의보를 만들어
서울 거리에 호외처럼 던져졌다
의사들은 진실을 말해주지 않았고
때맞추어 지하실에서 여공들이
겁탈당하는 소리가 들려왔다
간간이 쌓이는 신음보다 깊게 절망은
습습한 방을 찾아왔지만, 모두
순간적으로 지나가는 기차 소리에
가끔 반사적으로 눈 뜰 뿐이다
찢기고 상처 난 누이의 밤을 수술하는
의사들은 여전히 아무 말이 없다
(처음부터 수술은 예고된 실패였는지 모른다)
살인범들은 대낮에도
종로를, 지하도를, 구겨진 골목을
총잡이처럼 활보했으며

---

* 1990년 1월 3당 합당으로 민자당 탄생

공범자들은 세계마저 살해하고 있었다
눈이 시퍼렇게 내리던 그 날 오후
빗나간 기상대의 예보가 얼마나 많은
누이들의 낙태를 가져왔는지도 모른 채
대한극장 정규 프로 민자의 전성시대가
관객 없이 흥행한다는, 거짓말같이
그런 일이 벌어지고 있었다

붕어를 기르며

제월강 하류 한적한 물살 그리운
붕어 새끼에게 습관처럼 먹이를 준다
유리병 속에 갇혀 살찌는 어린 붕어들
수의囚衣를 입은 채 종종 꿈속으로 흘러왔고
차우셰스쿠 처형 소식이 전해지던 날
체제를 비판하는 몇 놈을 잡아
닭 모이로 주었다

물거품을 일으키며 질서를 어지럽히는 자는
모조리 잡아 버릴 것이다

사실, 처음 이곳에 붕어를 데려올 땐
곰팡이 핀 책상 위의 진실 때문이었지만
몇 날 며칠 먹이를 주며 새 물을 갈다 보니
권력에 아부하면서 출세에 눈먼 놈
후진국형 사랑놀이에 입 맞추기 바쁜,
간혹 창녀의 순결을 찾아 헤매는 놈도 보았다

먹이를 손에 쥔 나는 언제든지
마음에 들지 않으면 관찰을 중단할 수 있었고
권력은 손바닥 안에 있다

붕어들은 무럭무럭 자랐으며
오랜 시간 책상 앞에서
화려한 상상으로 즐겁게 해 주었다
그들은 언제나 내게
먹이 같은 권력을 제공해 주었으며
오늘 아침 나의 유일한 희망은
먹이를 주는 일이다

모순이거나 부조화

판잣집 앞에서
유년의 기억들이 딱지치기하며 놀았습니다
한 번 힘껏 세상을 내리쩍을 적마다
퇴근하는 누이들의 청치마가 펄럭였고요
공단의 불빛들은 아름답게 흔들렸습니다

전부터 알고 있었습니다
딱지를 치면 누군가 흔들리고, 그때마다
한숨 섞인 아줌마들의 욕지거리가
저잣거리를 건너와 우리를 슬프게 하는 것을

힘센 아저씨들이
가끔 폭력을 사용하며 골목길을 지배했고
오랜 우리들의 놀이터엔 싸락눈이 날렸지만
다리를 딛고 바람을 막아
딱지를 띄워 뒤집어 보고 싶었습니다

치킨 한 마리를 들고 프로야구장을 가거나

소파에 누워 주말 드라마를 보거나

골프장에서 만난 여인과 커피를 마시는

우리들의 한때는 무사한 걸까

딱지를 치며 뭔가 무너뜨리려 했던

나의 상상력은 지워진 지 오래

나는 지금 광화문에서 만난 소년에게

힘차게 딱지를 쳐보라고

아름다운 도시를 접어 나비처럼

날려 보라고 말해주고 있습니다

프라하의 거미집

프라하의 플랫폼에서
봄을 기다리는 거미의 집은
영혼 없는 육각형이어도 바람에 안전했다

역풍이 부는 겨울이었을까
그날을 정확히 기록한 신문 조각이
마지막 열차를 기다리는
그녀의 두꺼운 외투를 먹물로 물들이는 동안
가늘고 길게 방어막을 치고 있던 암컷의 방에는
키스에 중독된 수컷들이 몰려들고 있었다

블타바강*은 넘치지 않아요
가장 오래된 친구에게만 안전하게 키스해줄 거예요

레일에 그물을 치고
기억조차 사라진 첫 남자를 기다리는 그녀의 사랑은

---

* 블타바강: 프라하를 거쳐 엘베강과 합류하는 체코의 가장 긴 강

입술에 녹아드는 독이어서 더 위험했고
거미의 꽁지에서 흰색의 영혼이 술술 빠져나오는 건
프라하의 겨울이 눈에 절었기 때문이었으리라

헝클어진 채 얼어붙은 머리카락처럼
움직이지 않는 거미의 집은
그날도 안전하게 바람을 통과시켰고
안방과 건넌방을 넘나드는
거미의 성욕은 여전히 자유로웠다

네 방에서도 만족하지 못한 거니?
수컷만 잡아먹고 사마귀까지 유혹하진 마
나스카**의 사람들도 오랜 키스는 위험하다고 생각했어

열차가 오기 전
바람이 먼저 도착하는 프라하의 플랫폼

———————————

** 나스카: 페루의 사막지대로 거미 문양의 라인이 남아 있음

위험한 사랑을 기다리는 거미의 집은

육각의 원형을 유지한 채

사마귀 날개옷을 입은 그녀가

떠밀리어 오기만을 바라고 있었던 것을

북실 진달래

외로운 꽃 한 송이

북실 진달래가 피었습니다

보은 종곡리 다라니 고개를 넘지 못하고

언 땅 위에 고꾸라졌던 영혼들

100년이 지나서야

연분홍 꽃으로 찾아왔습니다

발걸음 소리만 들어도

겁이 나 장독대 안으로 꼭꼭 숨어야 했던

동학년東學年 할아버지 할머니

이 산과

저 들판을 넘어야 할 손자들에게

때 묻지 않은 영토를 물려주기 위해

저리도 오랫동안 흔들리고요

녹슬어 부스러진 가슴에

심장을 파먹고 더 붉게 핀

북실 진달래

아직도 수줍어 산자락에서

새색시처럼 얼굴을 붉히고 있습니다

북실

변방의 아침은
풍경화 속을 아무 일 없이 날아가던
콩새 한 마리의 날갯짓에 깨어났다
아직 제대로 영글지 않은 처녀 가슴처럼
콩닥콩닥 두근거리는 북실 들판
밤새 피비린내 났던 역사를 묻고
우리의 사랑도 고이 묻어 둔다
아마도 내년 봄이면 붉은 진달래꽃이
죽은 사람의 숫자만큼 다시 피어나리라
오래된 전쟁의 기억 속에서
더 진한 꽃들이 피어나듯
방긋방긋 웃으며 바람에 종일 흔들리다
그렇게 떨어져 내릴 것이다

지네의 잔

　마지막 잔은 항상 눈을 감고 마셨다 술 대신 지네들이 가득한 그 잔을 마신 뒤에야 목구멍의 통증이 사라졌다 언제부터였더라 스무 살 때쯤부터 처음 마시기 시작한 잔에서는 지네의 냄새 대신 사람의 냄새가 났다 잔을 비우는 동안 햇빛을 따라 움직이는 잎사귀는 서서히 태양을 향해 방향을 틀었고, 내 사랑도 한여름 동안 방향을 틀었다 지네들은 잔에서 스멀거리며 사랑 없이 임신했고, 콘돔을 끼우지 않은 수캐들의 사랑도 불안하기는 마찬가지였다 음지에서 만난 햇빛과 소문 없이 밀교를 즐기던 잎사귀의 배가 서서히 태양 쪽으로 부풀어 오르는 동안 내 그리움도 황홀히 강간당하고 있었다 그 아래 축축하게 젖은 지상을 기어가는 지네들 술잔에 넣어두면 언젠가 내 목을 갉아 먹으리라 자, 이제 곧 사생아로 태어날 형이상학을 위해 건배!

하얀 참새

사람들은 내가 나타나면 길조라고 마음에도 없는 소리를 해 정말 그럴까?

난 봄날 오후 비탈길을 오르는 상여를 바라보고 있는 거야 아까시나무꽃이 뚝뚝 떨어져 땅에 묻힐 때마다 바람에 깃털을 날리며 그렇게 쳐다만 볼 수밖에 없었어 눈물 대신 이 산 저 들판을 날아다니며 날개 자국으로 아무도 볼 수 없는 편지를 쓴 거야 겨울이 지나는 동안 어느새 소복을 걸친 영혼은 허공에 둥지를 틀고, 밤마다 상여가 떠난 그 길로 다녀오곤 했어 날마다 죽어 살아 돌아올 수 없는 시체의 냄새라도 맡고 싶었던 걸까 밤새 흰색으로 온몸을 치장하고 그대에게 날아가는 거야 점점 멀어지는 상여를 바라보고 있는 거야

금강

처녀막 속에 따뜻한 집 한 채 짓고
새들의 영혼을 불러와 아침밥을 먹이고 싶었습니다

여울 따라 흐르는 맑은 사랑이
안개 속으로 스며들 때
산다는 것이
빙하기 그믐보다 더 적막할 때
비로소 보이는 강물의 끝

어리석게도 이곳에서
쪽빛 바람만 보듬고 살았습니다

죽어 행복하길 원했던

죽어 행복하길 원했던 당신들의 밤
교회의 첨탑은 진리를 세우고
신음이 묻어 있던 10월의 소낙비처럼
흘러넘치는 수목들
우리는 매달린 잎사귀들이었다

바람 불면 떨어지는 노을처럼
자유롭게 흔들릴 적마다 불안한 영혼
늙은 나뭇잎들이 즐거운 곳으로 흘러갔으니
우리의 사랑을 덮었던 그곳엔
아도니스의 피가 장미의 축제를 열리라

축제로부터 밤은 다시 시작되고
상처의 고통에서
화사한 창녀의 그곳에서 뿜어 올리는
짐승 같은 울부짖음

"방음의 철창에 갇힌

상상력은 얼마나 아름다운가"

해설·시인의 말

서정의 의지,
세상을 바꾸는 조용한 균열

김병호(시인, 협성대 문예창작학과 교수)

사반세기 전, 신 서정의 물결이 잠시 일었지만, 21세기가 시작된 지 한참이 지난 지금 '서정'은 시대를 맞춰가지 못하는 낡은 구호처럼 퇴색해버린 느낌이다. 사람들은 '서정'이 유효기간을 넘겨버린 낭만주의의 잔재이거나, 기껏 근대적인 주체의 내연에 기대어 세상을 자의적으로 재단하려는 동일시의 폭력 정도로 이해한다. 흔히들 이야기하는 동일성의 원리처럼, '서정'을 시인 개인의 내면적 주관성과 동일시할 때, 세계와 사물을 주체화하는 동일화의 작용으로 이해될 때, 서정은 언어의 본질인 폭력성을 감추지 못한다. 대상과 언어 행위 사이에서 발생하는 간극은 대상과 언어의 차이만큼 근원적인 폭력을 내재하게 되기 때문이다.

하지만 서정이 특정한 개인의 느낌을 직접적으로 표현하는 것이라는 통념은 낡은 것이다. 지금껏 우리의 삶이 그랬던 것처럼 예술적 경험은 한 개인의 경험인 동시에 동시대의 경험이며, '서정'의 힘은 오직 이러한 다수의 맥락에서만 정당화될 수 있다. 이러한 당위적 모습을 새삼 우리에게 보여 주는 이가 바로 김기준 시인이다.

　그는 '서정'이 퇴색해버린 시대에 서정의 운명을 부여잡고 있는 시인이다. 현대 시의 전위에 맞서고, 견디며, 우리 시의 서정을 지켜내고자 분투한다. 그가 지켜내고자 하는 서정시의 가치는 그의 시「고백」처럼 독백이라는 발화의 형식에 있는 것이 아니라 사물에 대한 서정적 주체의 태도, 즉 평가에 있다. 서정시는 유의미한 것, 인간의 이상과 삶의 가치에 관한 이야기라는 걸 김기준 시인은 누구보다 잘 알고 있다.

　시집을 읽어본 이들은 무리 없이 동의하겠지만, 김기준 시인은 '서정'의 가치를 통해, 자신의 시적 가치와 이상을 구축하고, 자신만의 소우주를 형상화하려는 자신만만한 시인이다. 그의 시편들은 서정의 답습이 아니라 '갱신'의 자세를 갖추고 있으며, 무엇보다 '감각' 너머의 세계에 관한 그리움의 정서가 깃들어 있다. 사물의 변화와 시간의 흐름 속에서 현존을 위협당하는 모든 것들과, 시간의 심연인 과거 속으로 사라져 버린 것들에 도달하려는 시적 의지야말로 이 그리움의 정체일 것이다. 그리고 시적 의지가 김기준 시의 힘이다. 감각 저편에 있는 그리움의 대상은 대부분 비가시적이며, 심지어 언어로 재현하거나 포착할 수 없는 부재의 대상일 수밖에 없다. 역설적으로 김기준의 서정은 부재하는 대상으로 재현하고, 재현할 수 없는 것을 비재현적인 방식으로 가시화하는 언어에서 비롯된다. 이러한 모습은 공들인 야심작 연작시인「부여행」에서 잘 드러난다.

　　　가을에 여행 한 번 갈 수 있으면 좋겠네

붉게 물든 백마강에서 백제 여인을 만나

쓸쓸하지 않도록 술 한 잔 따르고

시를 적어 보여 주려고 하네

봄부터 여름까지 제 몸을 씻느라

바위틈에 숨어 지낸 고란초

가을에 반짝반짝 빛나는 영혼이 되었네

첫사랑 신라의 사내는

해 질 무렵이면 강가로 나와

둥근 홀씨주머니를 붙인 잎사귀로

수줍게 사랑을 고백했던 그녀를 몰랐네

오랜 세월이 흐르고

나는 가을에 부여로 가려 하네

눈물 흘리던 백제 여인을

달빛이 들 때까지 기다려 보려 하네

늙은 소나무 몇 그루가 서 있는

그곳에서 뜨겁게 안아 상처를 녹이고

도깨비처럼 무슨 소원이든 들어주는

그런 여행 한 번 할 수 있으면 좋겠네

-「부여행 4」 전문

동경과 그리움의 정서를 한층 극적으로 그려내고 있는 이 작품은, 세계를 유동적 형식으로 이해하고 있다. 김기준 시인 특유의 인식론과 삶의 유목성을 행간에 동시에 담아내고 있는 것이다. 시인이 "붉게 물든 백마강에서 백제 여인을 만나/ 쓸쓸하지 않도록 술 한 잔 따르고/ 시를 적어 보여 주려고 하네"라고 말할 때, '시'라는 매개에 주목해야 한다. 시인은 '시'를 통해 정서적 이끌림을 낭만주의적 그리움으로 환치한다. '시'가 기호적 의미를 획득하는 순간, 이러한 정서적 이끌림과 '감각' 너머의 세계에 대한 그리움은 더욱 부풀어 오른다.

시인은 이러한 시적 공간을 '부여'뿐만이 아니라 '달의 호수'(「고백」)나 '별의 뒤편'(「오로라」)으로 변주·확장한다.

"봄부터 여름까지 제 몸을 씻"고 "가을에 반짝반짝 빛나는 영혼이 되"는 '고란초'는 흐르는 정물의 유동성, 세계의 유동적 형식을 잘 보여 준다. 이는 "오랜 세월이 흐르고" "가을에 부여로 가려 하"는 나에게 동일한 감각으로 감지된다. "첫사랑 신라의 사내"와 "눈물 흘리던 백제 여인"의 시점이 일치하지 않는다. 이 둘은 이 시에서 시차성의 대상이 된다. 시인은 "수줍게 사랑을 고백했던 그녀를 몰랐"던 시차성을 고스란히 긍정하며, "여행 한 번 갈/할 수 있으면 좋겠네"라며 현존의 가시적 세계, 감각의 차원에서 머물고자 한다. 그러면서 감각 그 너머의 세계를 겨냥한다. 이 층위에서 그리움의 정서가 폭발한다.

일반적으로 '그리움'은 가시적인 것과 비가시적인 것, 보이는 것과 보이지 않는 것 사이의 거리에서 발생한다. 이 시에서 "뜨겁게 안아 상처를 녹이"는 시간은 본질의 세계가 아니라 이미 지나간 시간이며, 더 이상 현존하지 않는 '이전'의 세계에 해당한다. 이러한 시차성의 그리움은, 「부여행 1」에서는 "빙하기 하늘 아래 땅이어도/ 꼭 함께 가자고 했다"는 간접화법으로, 「부여행 2」에서는 "우레 치며 달려보고 싶어라"라는 토로로, 「부여행 7」에서는 "나 그대와 살고 싶네"라는 기원으로 처리되며 강화된다.

한편 '상상'이란, 사실에 대한 인식이 아니라 현실을 자기 합리화의 방향으로 전유하려는 심리적 기제가 전제되어 있는 개념이다. 그런데도 시인은 이 '상상'의 견고한 동일시를 헤집고 '시차'라는 존재론적 시간의 개념을 끌어들인다. "해 질 무렵"의 강가에서 "달빛이 들 때까지"의 시차는 상이한 공간과 시선의 차이를 화해시키려는 동일성의 논리를 함축하고 있다. 현존과 소멸이라는 존재론적 사고보다 봄부터 여름, 가을의 시간 속에서 삶의 시간을 이해하고, 그 순간 '여행'이라는 유동성의 구체적 형식을 통해 비가시적인 세계로 시인의 사유를 끌어들이게 된다. '백제 여인'은 현존이 아니라 과거의 한순간을 마주하고 있음을 환기하기 위한 서곡에 불과하며, 이때의 '부여'는 돌아갈 수 없는 유토피아, 근원적 고향, 그리움의 근거가 된다.

서정시는 대상에 대한 현재적 의미를 시인 자신의 관점에서 취하는, 주관적 태도를 견지한다. 특히 김기준 시인의 사랑 노래들은 그 주관성을 뛰어넘어 서정시의 가장 보편적인 주제인 '사랑'을 다시 한번 보편화시킨다. 시인은 이를 통해 사랑이라는 사건 속에서, 시인이 어떻게 자기와 타자의 존재를 감각하는지 살펴볼 수 있다. 그래서 독자가 사랑의 시편을 읽는다는 것은 타인의 깊은 내면의 장면 속에서 자신의 생을 들여다보는 하나의 모험이 되기도 한다.

　　너와 나 이제 달의 호수로 가자

　　아무도 찾아올 수 없는 그곳에 도착하면 네 귓불을 타고 흐

르는 뜨거운 땀 닦아 줄게

미처 가져가지 못한, 지구별에 두고 온 영혼은 은하수처럼 흐르고 흘러 다음 생에 무지개 타고 올 거야

그사이 어쩌면 달에도 눈이 내릴지 몰라

그때 두 손 꼭 잡고 달리던 달의 들판에 깃발을 세우고 말할게 함께 와 줘서 고마워 사랑해

-「고백」 전문

"아무도 찾아올 수 없는 그곳"처럼 김기준 시인이 보여 주는 현실 인식은 그리 긍정적이지 못하다. 그럼에도 불구하고 그는 시집 전반에서 애절하고 처연하게 '사랑'을 노래한다. 이때 그의 시적 태도는 스피노자의 욕망, 즉 코나투스(Conatus)에 가깝다. 너와 내가 "두 손 꼭 잡고 달리"는 일처럼, 생물체가 지니는 본능적인 '삶의 의지' 혹은 이러한 운동이나 관성을 강화하는 데 주력한다. 시인에게 '사랑'은 자신의 존재를 보존하기 위한 노력이자 자기 존재를 증명하기 위한 내재적 욕망이 전제되어 있기 때문이다.

"달의 호수로 가자"거나 "부여로 가자"(「부여행 1」)는 고백, 혹은 "별의 뒤편으로 달아난" 사랑(「오로라」)의 슬픔은, 표면적으로 낭만적 의미의 사랑으로 보이기도 한다. 그러나 김기준 시인의 사랑은, 항상 사랑을 사랑하면서 사랑의 종말을 사랑하고, 그 사랑들의 무모함을 다시 사랑한다는 궤적을 갖는다. 시인의 사

랑은 자신만의 직접적인 경험에 한정되지 않고, 그 이상의 의미로 확대된다. 또한 사랑은 단순한 감정적 의미에만 국한되지 않고 오히려 중층적 의미망을 형성하며, 모든 시적 세계의 것을 포용하며 순환시킨다. '다음 생'에 관한 기약이 생의 순환을 의미하는 동시에 세계를 구성하는 법칙과 제약을 회피하는 모습을 보이는 것이 이런 맥락이다. '달의 호수'는 그 자체로 시적 화자의 존재의 일부가 되기도 하지만, 시적 화자가 인식하는 세계 즉 사랑의 은유로서, 세계와 관계를 맺는다. 이때 시인은 전략적으로 "함께 와 줘서 고마워 사랑해"라는 고백을 통해, 이 작품을 사랑에 관한 여정을 넘어선, 세계를 이해하는 한 방식이자 존재를 탐구하는 과정으로 승화시킨다.

아침에 눈을 뜬 달팽이는 촉수를 내밀어 네 몸부터 더듬거리기 시작하지 미끈한 물풀에 가벼운 영혼 하나 얹고 시작한 불안한 동거가 밤새 흔들렸잖아 그러니까 바람이 몹시 불었던 어젯밤 내 사랑을 확인해 보는 거야

먹이를 물어 나르던 물새들 사랑 한 점 떨어뜨렸지만, 그 밤을 원망하지 않았어 아무것도 볼 수 없던 암흑세계를 들락거리며 자유로운 연애를 했지 어쩌면 뜻하지 않은 임신이 되었는지도 몰라 그들의 사랑은 여전히 불안해

달팽이가 기어오른 지상에서는 천장만 바라보며 동공을 굴리는 사람들이 보였어 물새와는 사뭇 다른 그런 사랑 말이야 늦은 오후의 햇살을 잉태한 그녀의 방에서 나오는 웃음소리

이런 사랑도 불안하기는 마찬가지지

　　절벽 아래까지 날아간 꽃씨는 나와 새, 그녀 가운데 누구를
더 그리워하며 장미를 피웠을까

　　달팽이는 더 깊게 물든 가을에 색깔을 바꾸고 싶어 스멀스
멀 줄기를 타고 올라가 붉은색 꽃잎에 입술을 대고 싶어 때때
로 아침에 눈을 뜨면 그 옆에 놓여 있는 나를 보고 싶거든
　　　　　　　　　　　　　　　　　　－「아침에 눈을 뜬 달팽이」 전문

　　사랑을 구성하는 최초의 사건이 어떤 만남이라면, 이 만남
이전에는 분리의 상황이 전제되어야 한다. 즉 만남이 있으려면
먼저, 분리와 근본적인 차이를 가지는 존재가 있어야 하는 것
이다. 그리고 사랑은 이 둘이 어떤 모습을 드러내고, 어떤 방식
으로 세계를 경험하는, 바로 그 순간에 발생한다.
　　"촉수를 내밀어 네 몸부터 더듬거리"는 순간, 사랑은 어떤 필
연적인 개입에 의한 것이 아니라 불확실하거나 우발적인 어떤
형태를 취하게 된다. 즉 사랑이 시작되는 이러한 만남은 사물
들의 즉각적인 법칙에 속하지 않는 사건으로 우연성이 작동한
다. 이러한 사랑의 여정에서 시인은 '자유로운 연애'를 원하지
만, 사랑은 여전히 불안한 상황이다. 물새들이 떨어뜨린 사랑
한 점은 어떤 사건을 확정해주기 때문에 매우 근본적이며, 한
편으로 책임을 부여한다. '불안한 동거'로 은유 되는 두 사람의
결합과 서로에 대한 충실성은, 존재가 총체적으로 만나는 사랑
에 대한 위임의 증거로도 작동한다. 사랑은 그 본질상 대상화

한 어느 한 부분을 사랑할 수 없으며, 전체를 사랑하는 것이기 때문이다. 달팽이가 "어젯밤 내 사랑을 확인해" 보는 것처럼, 사랑한다는 것은, 그 누군가의 전체를 사랑하는 것이다. 때문에 타인이라는 존재의 전체성에 관련되는 사랑에서, 붉은색 꽃잎의 '장미'는, 사랑이라는 총체성의 물질적 상징이 된다.

특히 "몸부터 더듬거리"는 행위의 에로스가 너와 나 사이에 관계한다면, 사랑은 타자의 존재 자체에 깊이 관여할 수밖에 없게 된다. 에로스는 강한 의미의 타자, 즉 나의 지배 영역에 포섭되지 않는 타자를 향한 것이기 때문에 관계의 근본적 변화를 요구한다. "절벽 아래까지 날아간 꽃씨"에 대한 궁금증은 지극히 당연한 욕망이 된다.

생각해 보면 '사랑'은 두 존재, 두 가지의 차이들이 만나는 하나의 사건이다. 대단히 우발적이고 놀라운 어떤 사건으로 시작되고 도입되는 게 바로 사랑이다. 이러한 '놀라움' 그리고 '불안'은, 시인이 속해 있는 세계 전체에 관한 경험이며, 하나의 과정으로 연동된다. 이는 사랑이 개인인 두 사람의 단순한 만남이거나 둘만의 폐쇄된 관계가 아니라, 하나의 관계를 구축해내기 때문이다. 이때 사랑은 하나의 관점이 아닌 둘의 관점에서 형성되는 삶이고, 그 삶은 둘이 등장하는 무대로부터 펼쳐지기 시작하는 새로운 삶으로 형상화된다.

따라서 사랑은 두 이기주의의 협상이나 계약이 아니라, 둘의 무대 그 자체를 구축하는 창조적 역할을 수행하게 된다. 이 시에서도 '지상'과 '천장', '아침'과 '늦은 오후' 사이에 놓여 있는 불안한 사랑 안에는, 자기 자신을 넘어서는 열광과 성찰의 놀라운 순간들이 전제되어 있다.

김기준의 사랑은 이렇게, 하나가 아닌 둘에서 시작되어 세계를 경험하는 방식, 즉 동일성에서 시작되는 게 아니라 차이로부터 검증되고, 실행되고, 체험된 세계에 관한 경험의 방식이다. 그에게 사랑은 차이에서 시작되는 세계를 구축하는 사랑, 차이의 경험이다. 본원적 그리움이 발생할 수밖에 없는 구조이기도 하다.

뒤늦은 발언이지만, 이 시집은 크게 두 가지의 축으로 구축되어 있다. 하나는 앞서 살펴본 삶의 본원적 근거로서의 '사랑'인데 여기에는 아버지와 어머니로 구현되는 육친에 관한 '그리움'도 포함된다. 또 다른 축은 자기 세대에 관한 감식안으로서의 '사회적 상상력'이다.

이 시집 읽다 보면 역사적·사회적 상상력이 발현된 다수의 작품을 발견할 수 있다. 이는 단순히 언론인인 김기준 시인이 가지고 있는 직업적 소명에서 비롯된 것이 아니라, 한 시대를 살아가는 깨어있는 자로서의 윤리에서 비롯된 것으로 읽힌다. 이를테면 「1990년 1월」「붕어를 기르며」「공중전화 1989」「모순이거나 부조화」「1980년 국어 선생님, 김목희」 등에서 우리는 김기준 시인만의 예리한 시대적 감수성을 경험하게 된다. 특히 「채플린의 편지를 기다리는 아버지」는 이 시집에서 대단히 독특한 지위를 갖는다. 늦은 나이에 첫 시집을 내는 김기준 시인의 시적 위상을 단박에 드러내 주는 작품인 동시에, 그가 수십 년의 습작 기간을 거쳐 거둔 시적 성취가 무엇인지를 깨닫게 해주기 의미가 있기 때문이다.

과일도 제 몸을 깎는 칼질에 아프다고 사각사각 소리를 낸다

내 머릿속에서 늘 들려오는 소리, 시계추처럼 밤마다 사각사각 흔들린다

지팡이를 옆에 낀 채플린의 발동작은 얼마나 더 걸어 다녀야 멈춰 설까

고양이의 애첩이었던 빈 접시에 다시 혀를 대고 핥기 시작하는 늙은 신사의 가을 저녁,

열두 번의 괘종소리가 울릴 때까지 사각사각 과일을 깎으며 벽에 걸린 시계추를 바라보는 아버지의 손놀림이 떨리기 시작한다

1977년 크리스마스, 런던에서 보낸 그의 편지는 관을 훔치는 도적들의 모습으로 가득 찼다

여전히 돋보기안경을 걸친 채 사각사각 칼질하는 아버지의 손 주름이 늘어나는 동안 고양이들은 대물림하며 애첩의 미끈한 피부를 핥고 있었다

채플린 선생!

당신의 편지가 도착하기 전 이미 도적들은 관을 놓고 모두 도망가 버렸소 난 당신의 안부를 기다렸지만, 너무 늦었어요 생포한 고양이들이 발정하는 동안 불안한 TV에서 런던 시민

의 신음이 들렸지만, 이 또한 지나가리라 대사를 외우는 당신
처럼 아무 일 없다는 듯 사각사각 옷옷을 벗는 여인의 황홀한
가을을 바라보며 난 편지 따윈 잊어버리고 껍질만 도려내고
있었던 거요

채플린이 숨을 거둘 때 아버지는 아이러니하게 미리 답장
을 썼다
　그의 편지가 붉은 바다를 건너오기 전
　낡은 인생을 말리던 햇빛에 물들어 날아가리란 사실을 알
고 있었던 것일까
　우체국을 나오는 아버지의 발걸음도 시계추를 따라 옆으로
만 움직이고
　가을 불빛 속으로 저문 잎이 떨어지고 있다

그리움이란 그런 거야 기다려도 오지 않는 편지를 뇌 신경
으로 읽는 거
　마른 장작불에 타는 영혼을 보면 주인 몰래 스스로 사라지
는 고양이처럼
　밤마다 긴 혀를 내밀어 상처를 치유하다 지쳐 고향으로 돌
아가는 거

채플린의 편지를 받아 보지 못한 아버지의 답장은 이제 같
은 내용의 반복이다
　집배원을 기다리는 동안 늙은 손등의 주름을 따라 깊게 팬
강물도

닳고 닳아 각이 없어진 원형의 기억도 제자리로 돌아오는
늦은 저녁에 토해내고 마는 배설물이다

칼질에 익숙한,
과일들의 신음처럼 밤마다 들려오는 채플린의 발걸음 소리
아버지는 여전히 사각사각 과일을 깎으며 그의 편지를 기
다리고 있다
　　　　　　　　 - 「채플린의 편지를 기다리는 아버지」 전문

채플린은 사회주의자로서, 자본주의를 비판하고 기꺼이 매
카시즘의 희생양이 되었던 인물이다. 시의 구절처럼 채플린은
1977년 크리스마스에 생을 마감했다. 그리고 무덤을 도굴당하
는 일을 겪기도 하였다. 시는 이러한 역사적 사실을 기초로 김
기준 시인 특유의 사회적 상상력을 결합시킨다. 과일을 깎는
아버지를 등장시켜 고통스러운 기억을 자기화하는 고투의 과
정을 형상화한다. 채플린이 겪었던 삶의 고난을 아버지의 모습
에 투영하면서 지나온 역사를 다시금 돌아보게 한다. 시인은
채플린을 통해, 권력으로 권력을 제압하고 결여된 무언가를 채
우는 것이 아니라, 자본주의적 욕망에서 벗어나고자 하는 윤리
적 삶의 행위를 추앙한다. 그리고 채플린의 죽음을 통해 현실
사회주의의 실패가 권력의 소유나 생산 관계와 관련된 것도 아
님을 우회적으로 보여 준다.
시인은 "사각사각 과일을 깎으며 그의 편지를 기다리"는 아
버지의 모습을 통해 인간의 삶을 바꾸는 일, 인간의 몸에 붙은
관성을 극복하는 일이 중요함을 다시 한 번 일깨워 준다. 그러

면 늙은 아버지가 기다리는 것은 무엇일까. "마른 장작불에 타는 영혼을 보면 주인 몰래 스스로 사라지는 고양이처럼/ 밤마다 긴 혀를 내밀어 상처를 치유하다 지쳐 고향으로 돌아가는" '침묵'을 닮아가는 일 아니었을까. 그리하여 혁명과 자본의 발전이라는 이름으로 개인에게 가해진 폭력을 성찰하고 삶의 순리에서 생성의 잠재성을 발견하는 일 아니었을까. 채플린의 죽음과 아버지의 늙음, 즉 소모의 행로는 여전히 "그의 편지를 기다리"는 아버지의 행위를 통해 생성과 긍정으로 바뀐다. 시인은 채플린의 특수한 삶에 관한 잔혹함과 세상의 비정 대신 오히려 내재적 초월성을 보여 준다.

채플린이 숨을 거둘 때, 그의 편지가 여전히 도착하지 않을 때, 아버지는 "아이러니하게 미리 답장을" 쓴다. "이 또한 지나가리라 …… 난 편지 따위 잊어버리고 껍질만 도려내고 있었던 거요"라고. 이런 아버지를 보며 시인은 소멸을 예감한다.

역사와 사회에 대한 인식 변화는 인간 존재에 관한 이해의 틀을 바꾸는 일이다. 역사는 모든 것의 최종적인 의미가 도달되는 하나의 목적지를 지향하지 않는다. 정제된 하나의 물줄기가 아니라 목적 없이 흘러가는 온갖 물줄기의 과정이다. 아버지는 목적 없는 흐름일 때에만 역사의 소용돌이가 시작된다고 믿는 눈치다. 채플린의 발걸음 소리와 사각사각 과일 깎는 소리가 겹치면서, 초월적 권력의 작동 없이도 스스로 내재성의 공간을 구축해가는 새로운 장의 '강물'을 여전히 기다리시는 아버지의 모습이 양각화된다.

이 시에서 채플린의 죽음이 곤혹스러운 단절이 아니라 하나의 상태이며 성질이며 아버지는 매일 밤 채플린의 발걸음 소리를 들으며 채플린이 이루지 못한 내재성과 아버지가 버리지 못한 잠재성, 혁명의 사유를 키워간다. 시인은 아버지를 통해, 모든 것이 제 자리로 돌아오는 늦은 저녁, 타자와의 경계를 지우고 그의 자리가 나의 것이었다는, 아픈 신음과 같은 뼈아픈 각성을 보여준다. 이 각성을 통해 시인은 모든 것이 흘러갈 뿐이며, 흘러가는 모든 것들은 채플린의 편지처럼 운명적으로 만날 수 없음을 깨닫는다.

이리하여 아버지와 채플린은 아슬하게 영원히 비껴가고, 기다림을 비로소 제 운명으로 갖게 된다. 이때 아버지의 모습은 김기준 시인의 또 다른 자아이다. 이 시는 자본주의 사회에 대한 참혹한 패배를 인정하는 것이 아니라 우리가 쌓아 올린 모든 시간에 대한 애도이다. 그리고 시인은 이러한 사유의 경지를 우리에게 선명하게 보여 준다. 개인적으로 강한 인상으로 남는 작품이었다.

우리가 직면하고 있는 현대 사회의 현실적 중압감은, 시에서 서정적 통일성의 붕괴로 가시화되고 있다. 글의 서두에서 언급한 것처럼 전통적 의미에서 서정시의 경향은, 시적 화자의 목소리를 통해 외적 현실과 내면적 세계의 조화를 모색하려는 동일성의 태도를 취한다. 물론 이러한 태도 자체가 외적 현실의 중압감을 일거에 없애주는 이데올로기적 장치는 아니지만, 이 동일성의 원동력은 '사회'보다 강력한 '자아'의 권위에 기반을 두고 있음에 주목해야 할 것이다. 그리고 이런 맥락에서 김기준 시인의 서정시는 낭만주의의 영향과도 무관하지 않다.

그는 최근 우리 시가 낭만주의적인 자아의 부재에서 비롯되는 서정적 동일성의 와해, 그것의 결과로 표현되는 비유기적-비동일적, 파편화의 언어들이 주류를 형성하고 있음을 간파하고 있는 듯싶다. 그래서 그는 자기 시만의 고유한 서정을 통해, 서정을 극복의 대상으로 취급하는 있는 최근의 시적 경향과 기꺼이 맞선다.

우리가 김기준 시인을 기대하는 것은, 그의 시가 여타의 시들처럼 독자와의 대화를 얄궂게 시도하는 것이 아니라 자신만의 개성적 공감과 감응으로 유도하기 때문이다. 그의 시는 세계가 숨기고 있는 모든 가치로운 존재와 현상을 경험하게 해준다. 이곳의 세계와 절연된 새롭고 엉뚱한 세계를 재구성하는 것이 아니라, 현실에 안주하려는 불편함을 투영하면서 오히려 이곳을 새로운 세계로 구성하려고 한다. 그리고 자기 언어의 감각적 행로를 충실하게 따르면서도, 나와 타인이 깃들여 있는 세계에 관한 예리한 감각을 놓치지 않는다. 세상을 바꾸는 서정, 조용한 균열과 같은 김기준 시인의 시심이 더 귀하게 여겨지는 까닭이기도 하다.

부여랑 남쪽 바닷가를 가끔 가죠.
서울은 잘 안 가요.

시 써요.

아, 그대를 그리워할 때도 있어요.

2023년
늦은 가을에

실천시집선 308

고 백

2023년 11월 20일 1판 1쇄 찍음
2023년 11월 30일 1판 1쇄 펴냄

지은이   김기준
펴낸이·편집장   윤한룡
디자인   윤려하
관리·영업   이소연
홍보   고 우

펴낸곳   (주)실천문학
등록   10-1221호(1995.10.26)
주소   남양주시 퇴계원읍 퇴계원로 52 405호
전화   02-322-2161~3
팩스   02-322-2166
홈페이지   www.silcheon.com

이 책은 충청북도, 충북문화재단의 후원을 받아
예술 창작활동 지원사업의 일환으로 발간되었습니다.